中村桂子
山崎陽子・作
堀　文子・画

いのち愛《め》づる姫

ものみな一つの細胞から

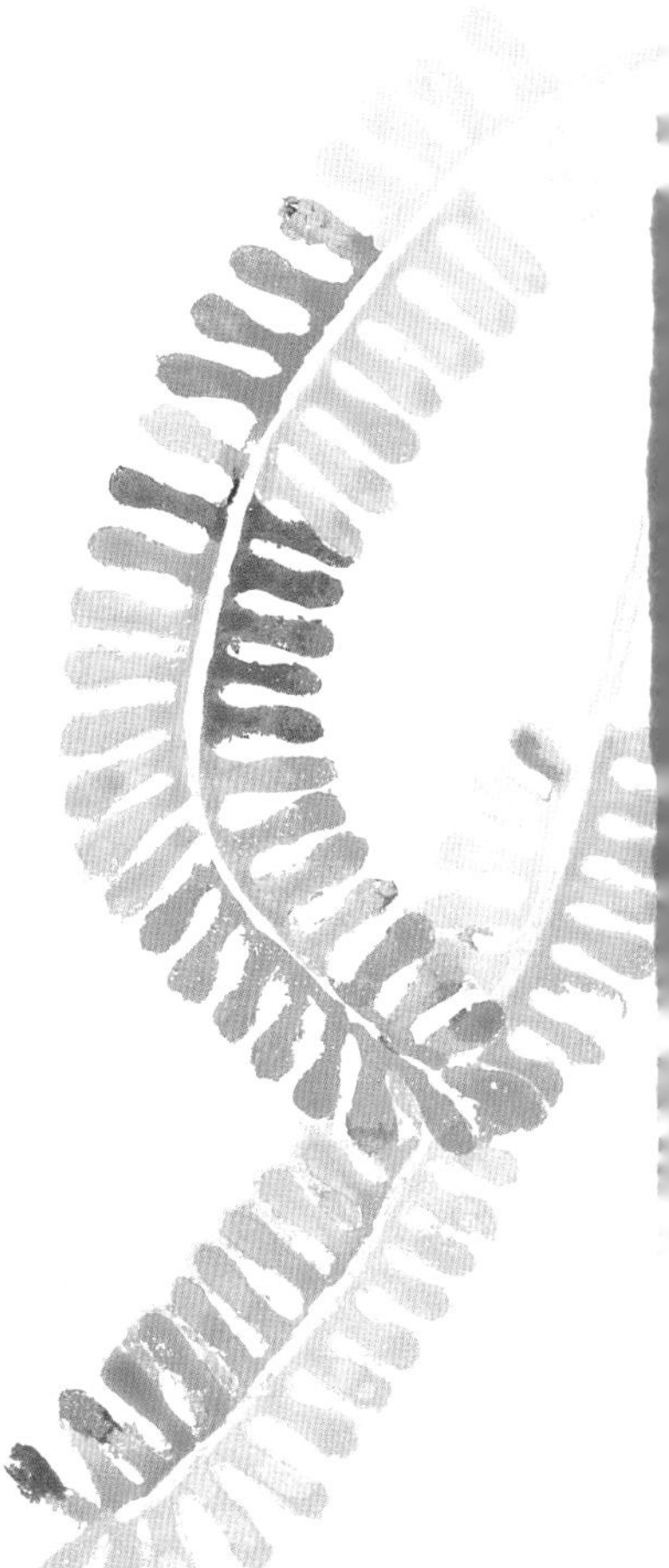

藤原書店

《この本に登場する生きものたち》

姫　君 ……「虫愛《め》づる姫君」ともいわれる、生きもの好きの姫。

桂　木 ……口うるさい、姫君のおそば仕えの老女。

バクテリア ……江戸時代の飛脚《ひきゃく》の姿で現れる。細胞一座の案内役。

ミドリムシ ……京女の姿で現れる。

ボルボックス ……若衆の姿で現れる。

カイメン ……町娘の姿で現れる。

クラゲ ……そのままの美しい姿で現れる。

タ　イ ……赤ら顔で小太りの裕福な中年男性の姿で現れる。

松 ……品のいい老女の姿で現れる。

シ　ダ ……東北弁の、少しかげのある男の姿で現れる。

＊よりくわしい説明は、57ページにあります。

■登場する生きものたち ——— 中村桂子　57

■〈解説〉ものみな一つの細胞から ——— 中村桂子　64

■〈あとがき〉一本の電話から…… ——— 山崎陽子　74

■楽　譜　（「たった一つの細胞から」「バクテリアのテーマ」）——— 76

虫めづる姫君

（歌）いにしえの　都の春は
ひかりに　みちて
小鳥はさえずり　チョウは舞う
そよ吹く風も　光さやけく
ものみな　はなやぎ
ものみな　ときめく

花の香りに　つつまれて
ほほえむ　ひとりの姫君は

大納言《だいなごん》さま　御むすめ
みめうるわしく　愛らしく

――ご両親の寵愛《ちょうあい》を一身にあつめて、のびやかに育まれた姫君でしたが、すこしばかり風変わりで、それが周囲の悩みのたね。
この当時のならわしとして、身分の高い、やんごとなき姫君は、十三歳ともなれば、まゆげをぬいて眉墨《まゆずみ》で描き、歯にはお歯ぐろをつけるのが身だしなみとされていましたが、大納言さまのこの姫君は、そのようなことにはまったくむとんちゃく。
まゆは黒ぐろ、歯はいと白く、緑なす黒髪さえも下じもの女たちのように耳にかけ、今日も今日とて、いとおしそうに、うっとり見つめる手のひらには……。
おそばに仕えたばかりの若い侍女は、悲鳴をあげました。

侍女　「ひ、ひ、姫さま、そ、それは」

――姫君は、ニッコリ笑って手のひらを、侍女の鼻さきにさしのべました。

姫　「なにをおどろいているの。これは毛虫よ。ほうら、見てごらん。なんてかわいらしいのでしょう！　だれでも花やチョウばかりを愛《め》でるけれど、そ

れはおろかなこと。うわべだけではなにもわかりませぬ。*もとから調べて、それがどのように変わっていくのかを見きわめてこそ楽しいものを」

――若い侍女は、おびえて後ずさりすると、あわてて逃げさりました。

姫「まあ、ほほほ……あんなにあわてて。どうしてわからないのでしょう。この毛虫のすばらしさが。虫は、どれも好きだけれど、やはりいちばんのお気に入りは、この毛虫。毛虫ほど、おもしろくてかわいいものはありませぬ」

――姫の父君、母君は、愛する姫の虫好きには困りはて、世間体が悪いからと、いくたびもいさめられましたが、姫は、がんとしてききいれません。

そんなうわさはつとに広がり、だれ言うともなく姫君は「虫愛《め》づる姫君」と呼ばれるようになりました。

その呼び名に、どうにもがまんならないのは、姫の母君の代からずっとおそばに仕えつづけてきた乳母《うば》の桂木《かつらぎ》でした。

桂木「ああ、姫さま。せっかくの美しいお顔だちも、そのまゆ

ではだいなしにございます。侍女たちはうわさしております、姫さまのまゆは、まるで毛虫そのものだと。ああ、なさけなや。『虫愛づる姫』とはなんたること、お生まれあそばした日よりお仕えしてまいったこの桂木、口惜《お》しゅうてなりませぬ。
ソレソレ、おぐしを耳にかけるなど、おやめくだされ。そんなかっこうは、下賤《げせん》な女のすることでございます。姫さまとあのような者たちとはお育ちがちがいます。教養がちがいます。金と石ころほどの、いえ、あの者たちは人間のクズ、虫けらのごときもの……」

姫　「虫ですって、まあ、人間にも虫がいるのですか？　今、わたしの手のなかで遊んでいるこのような虫が」

桂木　「ああ、けがらわしい。わたしは、虫けらといったので

＊「もと」は、現代の知識に照らせば、一つの細胞。動物では受精卵、植物なら種子になります。それがチョウになるか、サクラになるか。その基本を決めるのがゲノムであり、実際に形づくりが行なわれる過程を「発生」と言います。詳しくは「解説」に。これからも、「注」の部分は、うしろの「解説」も参考にしてください。

す。はやくお捨てください。なんとなげかわしいことか」

姫「どうしてわからないのです。ちょっとごらんなさいな。虫たちが一生けんめい葉っぱをたべているけなげな様子、愛らしいとは思いませぬか」

桂木「姫さま、お言葉づかいが違うています。けなげとか愛らしいなどという言葉は、本来、四季をいろどる花ばなやチョウのようなものにつかうべきもの」

姫「チョウといえば、毛虫の母御ではありませぬか。チョウは、愛らしいというより、えらくてかしこいのです。
このミカンの葉っぱやスミレの葉っぱ、わが子が食べる葉のうえに、まちがいなく卵を産んでいくのですからね*」

桂木「ほう、子育てそっちのけの母親どももいる昨今、それは見あげた心根……オヤ、わたしとしたことが、虫などほめてなんとする。だいたい、そんな知識は、姫さまにとってなんの足しにもなりはしませぬ。ああ、虫が好きませぬ。うう、虫ずがはしる。ああ、腹の虫がおさまりませぬ」

――口うるさい桂木が、怒りなげきつつ去っていき、ようやく静かになると、「虫愛づる姫君」は手のなかの毛虫をしみじみと眺め、そのようすにみとれました。いくらいとおしくても抱きしめるわけにもいかず、脇息にのせた手に頬をよせ、うっとりしているうちに、ついうとうと、深い眠りにおちていきました。

＊チョウには種によって幼虫が特定の植物の葉だけを食べる習性があります。アゲハチョウはミカン、ヒョウモンチョウはスミレというように。そこで、生まれたばかりの幼虫がすぐ餌をとれるためには、親が特定の葉に卵を産まなければなりません。母親は前脚で葉を叩き、中から出てくる物質を前脚にある感覚毛で味見するのです。

バクテリア

（遠くからかすかに聞こえてくる、ふしぎなリズム）
（歌）ばく　ばく　ばばく　ウーウーウー
はるか彼方　いく億年の歳月こえて
ばく　ばく　ばばく　ウーウーウー
ばばく　ばく　ばく　ウーウーウー

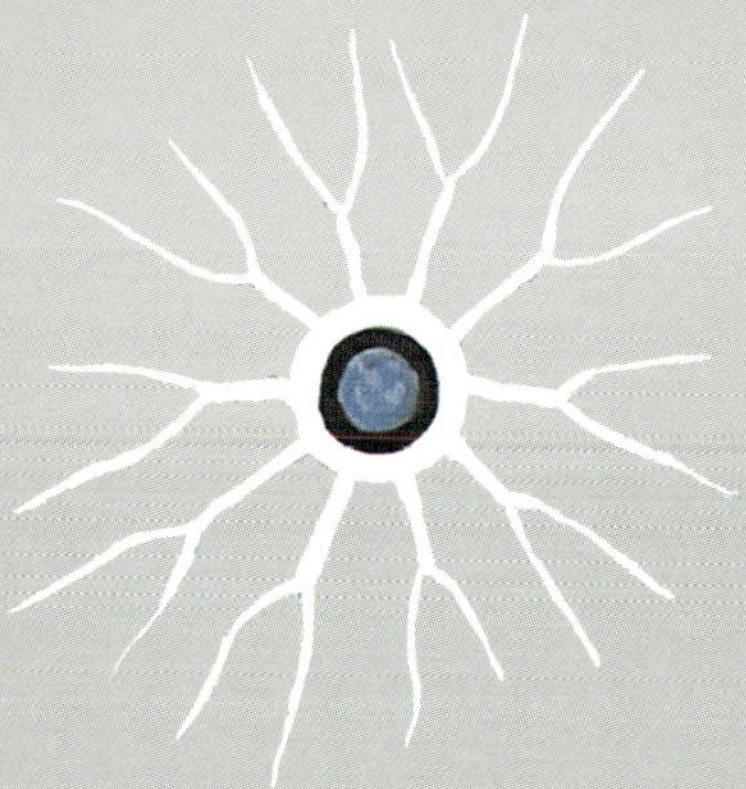

——なにかのけはいに、そっと眼をあけた姫君は、息をのみました。見たこともないふしぎな風体の若い男が立っていたからです。

姫「そなたは、だれじゃ？　人を呼びますよ」

(飛脚の姿の) **バクテリア**「オッと、お静かに。あやしいもんじゃござんせん。おいら、バクのテリアちゅうケチな野郎でござんす」

姫「バク……。バクなら知っています。悪い夢を食べてくれるのでしょう」

バクテリア「そんな架空《かくう》の動物じゃござんせん。バ、ク、テ、リ、ア」

姫「そのバクテ……」

バクテリア「リア」

姫「バクテ、リアが、どうしてここへ？」

バクテリア「毛虫がお好きな姫君のうわさを聞きやしてね。すっかりうれしくなっちまって、そんな姫君にひと目会いてえ。ちいと話がしてみてえ、なんてね」

姫「まあ、あなたも毛虫が好きなのですか？　なんてうれしいこと」

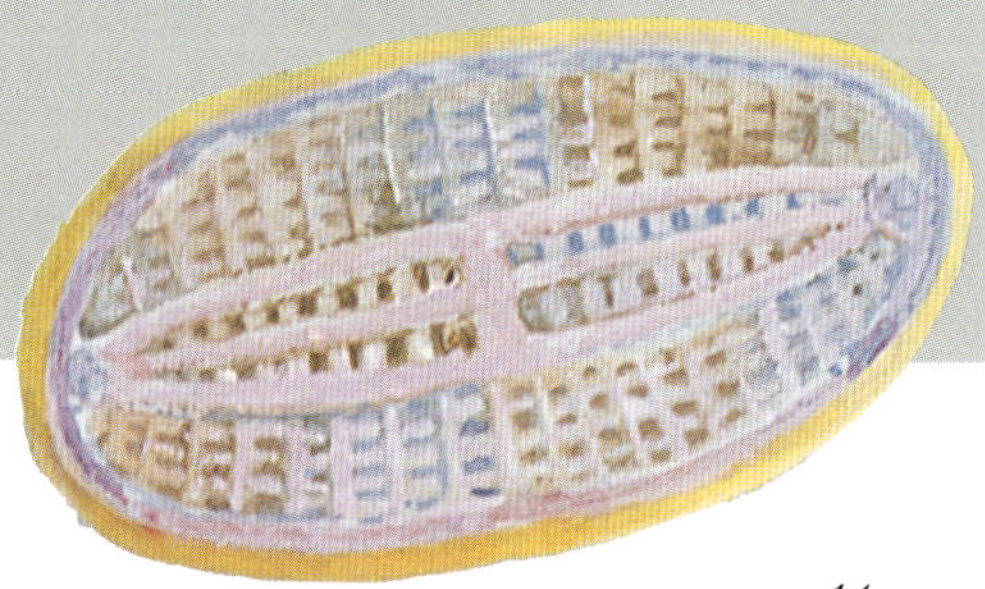

バクテリア「イヤ、とりたてて『毛虫愛好家』ってわけじゃ、ねえんですがね。姫さまが、ひがな一日ながめていなさるその毛虫、それも始まりは、たった一個の『細胞』だったってこと、わかっていなさるかなって」

姫「サイボウ？　『財宝』なら知っておりますけれど」

バクテリア「ハハハ……おもしれえ。金銀サンゴの財宝か。さすが姫さまだ。おいらのいってるのは『サイボウ』でさあ。そいつは、どんなお宝が束になっても歯がたたねえほどの、価値ある一個。オイラなんか、その細胞一個でずーっと生きてきたんだから。まわりのやつらは『あいつはまったく単細胞だよ*』なんてバカにしやがるんだが、てんでわかっちゃいねえんだよ。自分もはじまりは単細胞だってこと。それがなけりゃあ、この世に生きものなんかナーンにもねえってことがね。

＊巻末の「登場する生きものたち」のところで書いたように、たった一個の細胞で生きている生きものはたくさんいます。生きることのできる最小単位が細胞であって、地球上の生物はすべて細胞で構成されています。一個の細胞があれば、そこからさまざまな生きものが生まれるのです。

かわいい姫さま、あんたなら、きっとわかってくれそうな気がして話しにきたんだが」

姫「あなたが、『サイボウ』。サイボウは、そういう姿かたちをしているのですか？」

バクテリア「いや、こいつはちがう。実のところ、おいらは姫さまの肉眼で見えるようなモンじゃござんせん。そこで、ちょいと人間の姿を借りてみようかなって。どんな姿がよかろうと、この単細胞、知恵をしぼって考えた。

おいら、とびきりイキのいいタチなんでね、仮の姿とはいえ、このあたりのエリート公達《きんだち》なんかにゃなりたくねえ。

そこで、ずっーと先にくる時代だけど、江戸時代。あっしのこのいでたちは、江戸時代の飛《ひ》脚《きゃく》。少しでもはやく、あっちこっちに文《ふみ》を運ぶ役目さ。

落ちつきのねえオイラにゃ、ぴったしだろうってな」

——そのとき、人声をききつけたのか、桂木らしい足音がしました。

バクテリア「ちぇッ、まずいな。あのこうるさいバアサマがあらわれたら、話もできねえや。ねえ姫さま、姫さまと、のびのび話せる世界に、ちょいとだけおつれしてもよござんすか」

——姫がうなずいたとたん、急にあたりの景色がかわりました。姫の部屋と似ていましたが、みやびやかな几帳《きちょう》のかわりに、大きな銀いろの月がでていました。

姫「まあ、なんて大きなお月さま」

バクテリア「ありゃあ月じゃござんせん。鏡でさぁ。だが、こいつは、そんじょそこらの鏡じゃねえ。あそこには、あっしの本当の姿が映るってぇ寸法なんでさぁ。

ほうら、はずかしながら、あれが、おいらのマコトの姿」

姫「あれが、あなたですって。まあオモシロイ！　かわいいこと」

バクテリア「かわいいなんていわれると、ヘッ、てれちまうがね。へっへっへ」

ミドリムシ

――そのとき、はなやかな笑い声とともに、美しい女があらわれました。

姫は、一瞬そのあでやかさに目をうばわれましたが、はっと気づいて、鏡をみました。

そこには、バクテリアとは違ったなにかが映っていました。

（京女の姿の）ミドリムシ「あいかわらずどすなあ。バクテリアの兄さん。ちょいとほめられただけで、そんなにデレデレしてしまはるなんて。ホホホ……いえいえ、ばかにするやなんて、めっそうもおへん。うちは、あんさんの気っぷのよさも、お腹のなかになーんもないとこも、大好きどすえ」

バクテリア「なんでぇ。だれかと思や、ミドリムシじゃねえか。なんちゅう

色っぽいかっこうだ。なんだ、
おいらの腹ンなかは空っぽだって? こちとら江戸っ子、五月《さつき》の鯉の吹きながしさ。
だがな、体ンなかにゃ、生きものの基本をつくるゲノム*ってやつは、ちゃーんと持ってるぜ。
ただし、それ以外のしちめんどうくさいモンは、いっさいなし。
おかげで、どんなところでも、元気よくどんどん仲間を増やしていけるってわけよ」

ミドリムシ 「そら、けっこうどすな。ああ、お姫《ひい》さん、はじめまして。うちミドリムシどす」

姫 「はじめまして。まあ、なんてきれいなおかた。あなたもサイボウとやらですか?」

ミドリムシ 「へえ、わても同じ細胞どすけど、わてのなかにはエネルギーを作ってくれる元気なおかた『ミトコンドリア』や、太陽の光と水さえあれ

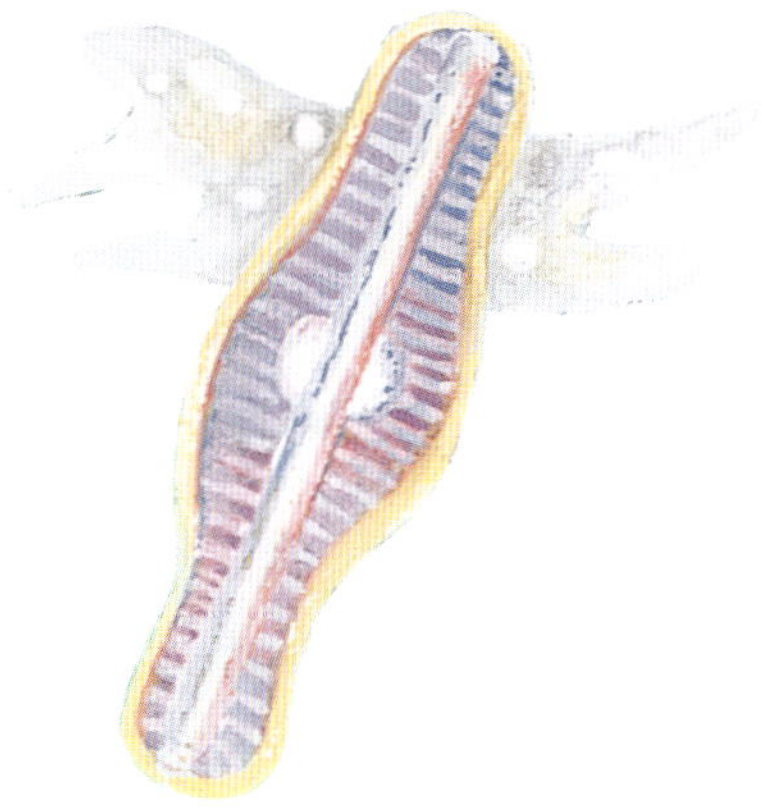

ば甘い甘いお砂糖のもとをつくってくれはる『葉緑体《ようりょくたい》』ていう、そらすばらしいおかたが居候してくれはって、＊＊おかげでうちは、どなたのお世話にもならんと、ゆうゆう暮《く》らしていけますのんえ」

バクテリア「けっこう、けっこう。ミドリムシのねえさん、あんたは確かにすばらしい。ただいっとくが、そのミトコンドリアってやつも、葉緑体ってやつも、もとをただせばバクテリア、おいらの仲間なんだぜ」

ミドリムシ「ほんまどすか？　ひゃー、びっくりやわァ。うちのなかにあんさんのお仲間がいてはるやなんて。どうも、あんさん他人のような気ィがせんかったわけや」

姫「あら、ご親戚《しんせき》？　いいですね。そろいもそろって、すてきだこと！」

＊ゲノム　最近よく聞く言葉ではありませんか。一つの細胞のなかに入っているDNAのすべてを言います。細胞が生きるために必要な物質を、必要な時に、必要なだけ作ることによって、「生きること」を支えています。ヒトの細胞にあるゲノムはヒトゲノム、大腸菌細胞にあるゲノムは大腸菌ゲノムです。

＊＊真核細胞では、ゲノムは核の中にあります。ミトコンドリア（エネルギーを生産する）、ゴルジ体（合成されたタンパク質を加工して目的地に送る）、小胞体、葉緑体（植物の場合）など、細胞小器官と呼ばれるものがたくさんあり、複雑です。その中で、ミトコンドリアはエネルギー生産が巧みなバクテリア、葉緑体は光合成をするバクテリアがとりこまれたもの、とされています。

バクテリア「姫さまよう。おいらたちバクテリア、のんきそうに見えるだろうが……」

(歌)けっこう世間は　きびしくて
いつも食べもの　あるわけじゃなし
どこをむいても　敵だらけ
食われちまうか　干あがるか

バクテリア「だから、ミドリムシみてえに、大きめの細胞にはいってヌクヌク暮らそう、なんて仲間がでてくるのも、むりはねえ」

姫「そう、だれにでも、それなりのご苦労があるものなのですね」

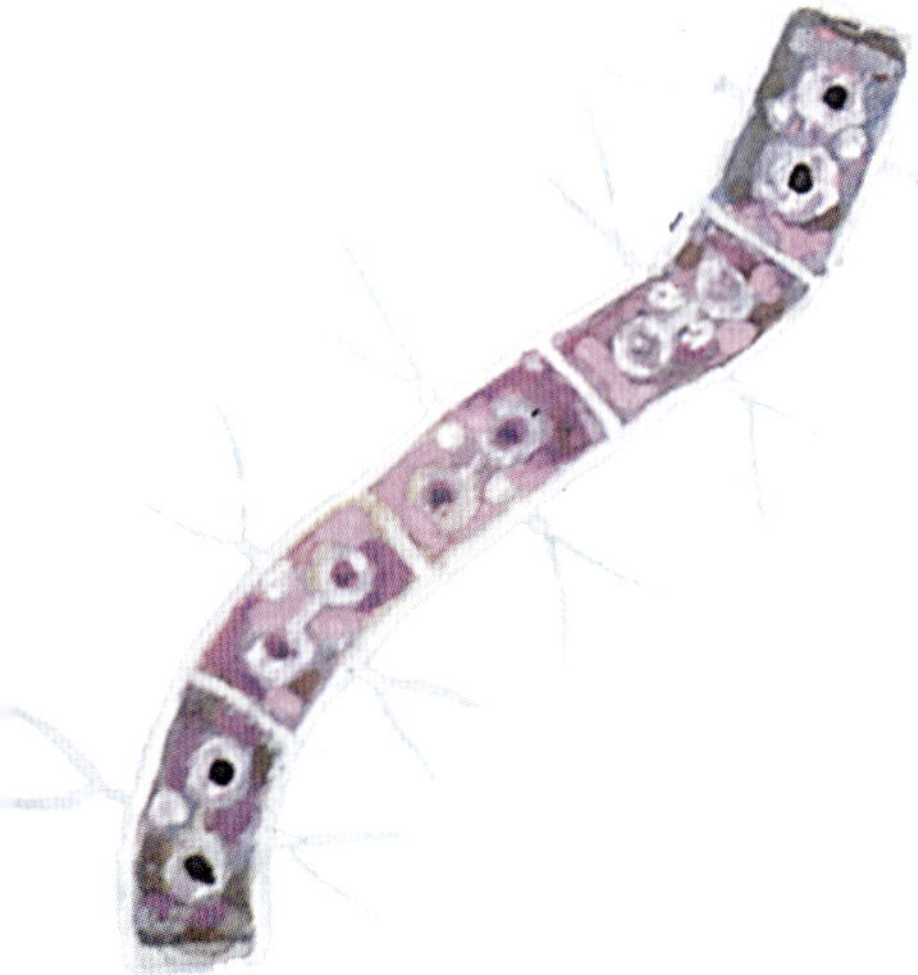

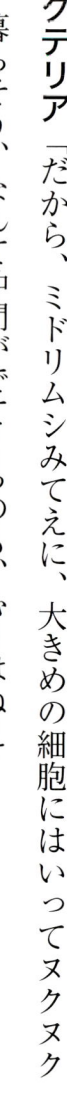

ボルボックス

バクテリア「ありゃ、おまえボルボックスじゃねえか。なんてぇ気どったかっこうしてるんだ」

——さっそうとあらわれたのは、若衆姿の初々《ういうい》しい若者でした。姫は、急いで鏡をのぞき、思わず歓声をあげました。ボルボックスというその生きものは、夢のような美しさだったのです。

若侍はクルリとまわってポーズしたり、肩をゆすって歩いてみたり。バクテリアは負けずに自分もかっこうをつけると、若侍をよびとめました。

バクテリア「お若ぇの、お待ちなせえやし」

ボルボックス「待てとお止めなされしは、拙者《せっしゃ》がことでござるかな」

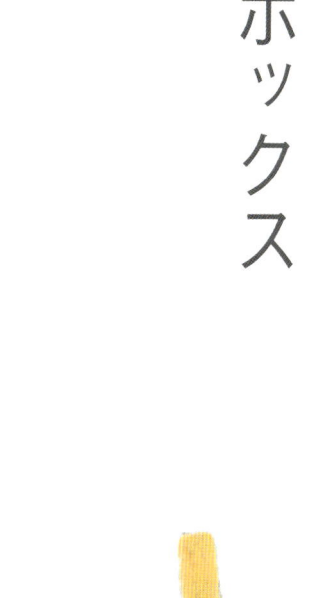

バクテリア「なに、カッコつけてんだよ。早く、姫さまに自己紹介したらどうなんでぇ」

ボルボックス「問われて名のるもおこがましいが、知らざァいってきかせやしょう。それがしの名は、ボルボックス。だれもがおどろく、この男っぷり」

ミドリムシ「いやァ、だれかと思たらボルボックスはん。あいかわらずのはなやかな出ェどすなァ」

姫「うっとりしてしまうわ、見れば見るほどよき殿御《とのご》」

ミドリムシ「ほんまどすなぁ。待ってましたァ、ボルコマ屋ァ！」

姫「ボルコマ屋ァ」

ボルボックス「ご声援かたじけない。ミドリムシどの、そなたもなかなかすばらしい。

だが一ぴきで粋《いき》がっておってもなあ。ご親戚のクラミドモナス*は、その点なかなか利口者、大勢があつまって協力した。

それが、アレヨアレヨというまに、それがしになったというしだい」

ミドリムシ「いやぁ、どないしまひょう。こんなにええ男はんとも遠縁やなん

て、またまたびっくりやわぁ」

ボルボックス「びっくりするのは、まだはやい。われらは美しいだけではなく、細胞がたくさんあるから役割分担もできる。次世代をつくるための生殖《せいしょく》細胞は、中のほうでだいじにされておるしな。

しかし、われらがあつまるときに、泳ぐのに必要な毛をなぜか中へ中へと入れこんでしまう。

やや、これはいかなこと、そこでやむなくクルリとうらがえれば、中の毛が一度にオモテに出るというしかけだ。** 身体《からだ》まるごとうらがえしィ」

――鏡のなかのボルボックスの、ふしぎな動きと神秘的ないろどり、はじめて知る生きもののしくみのおもしろさに、姫君は、ただ感嘆するばかり。

＊クラミドモナス　単細胞の緑藻。淡水中に生息しますが、氷雪の中など極端な寒冷地にも見られます。細胞は卵形で、前端に二本の鞭毛があります。葉緑体と眼点があります。

＊＊全部で二千個の細胞が外側に並び、中に十六個の大きな生殖細胞があるというボルボックスでの実験。その生殖細胞が分裂して次の世代を作る時、実は本来中にあるはずの大きな生殖細胞が外側に来ます。そしてある時、クルリと裏返り（インバージョン）、生殖細胞は中に。その時、それまで内側に向いていた鞭毛も外に出てきて、めでたくボルボックスになります。

姫　「まあ、おもしろい。お手玉をつくるとき、縫ったふくろをクルリとうらがえしにする、あんな感じね」

バクテリア　「チェッ、おいらたち単細胞のバクテリアとちがって、娘っこにキャアキャアさわがれるボルボックスは、うらやましいよ。だがうらっかえしだなんて、かっこいいぶん、苦労もしてるんだよなあ。やっぱりひとりもんにかぎらァ」

カイメン

（町娘の姿の）**カイメン**「なにいってるの。集まったほうが楽しいにきまってるじゃないの。アタシたちなんか、年じゅう、みんなでくっついてるのよ」

——カン高い声がして、姫君の周囲には見かけない、けれど姫ならすぐに仲間になれそうな、あかるい町娘があらわれました。

カイメン「姫さま、はじめまして。あたし、カイメンっていうの。なにかっていうとみんなで集まるのが大好きなの。でも、まだくっつくのが下手《へた》なんで、すぐバラバラになっちゃうから、ケンキュウシャなんてのに、おもしろがられちゃって。えーと、なんだっけ。

そうそう、『サイボウ社会のはじまり』*だなんていってね、アタシたちをひっつけたりバラバラにしたり……。ねえねえ、ケンキュウシャって、妙なことばっかりやってるんだネ。

アタシの細胞の遺伝子を調べたらさァ、人間の脳ではたらいてるのと同じものがあったんだって。

『これならカイメンは哲学者になれるかもしれない』なーんちゃって。哲学者ってなんだかよくわかんないけど、まあ、あたしたち程度のモンなんでしょうね」

*巻末の「登場する生きものたち」に書いたように、多細胞生物としての基本である細胞どうしの接着という面から、一度バラバラにした細胞が再びどう集まるかを調べる興味深い研究も行われています。細胞を囲む膜は、接着のほか外からのさまざまな情報を受けとる受容体もたくさんあります。前にも述べましたし、後に出てくるシダ（植物）のところでも述べますが、遺伝子は新しく作られるというより、古くからあるものが必要に応じて新しい形で使われることが多いのです。ですから、脳で用いられている遺伝子だからといって脳だけのために新しく作られたのではありません。ですから「脳の遺伝子」とか「ヒトの遺伝子」という言い方はあまり適切ではありません。すでに存在するものやそれが少し変化したものを上手に使うという組み合わせによって、多様な生きものが生まれ、暮らしているのです。

バクテリア「みんなで集まる。役割分担する。けっこう、けっこう、けっこう毛だらけ灰だらけ。だが、おいらがいいてえのは、どんなに集まろうが、細胞は細胞、それが基本だってことを、忘れてもらっちゃこまるってこった。毛虫好きのかわいい姫君に、ぜひともいいたかったのが、このことだったのさ。

姫「ところで、姫さま、なんだってそんなに毛虫がお好きなんで？」

バクテリア「だって、毛虫のあの身体《からだ》のなかに、美しいチョウのすべてが隠されているのです。これがおどろかずにいられれますか？」

姫「えらい！　だが、もう一歩ってとこだな。毛虫の卵、なにを隠そう、卵ってヤツは一個の細胞*なんだ。はばかりながら、姫さま、あんただって、たった一個の細胞が始まりさ」

バクテリア「このわたしも？　たった一個の細胞から？」

姫「そうさ、たった一個の細胞でさァ」

＊ここでの「一個の細胞」には、生命の起源、三八億年ほど前に地球上に生まれた最初の「細胞」という意味と、一つ一つの個体がそこから始まる受精卵という「細胞」という意味とがこめられています。

（歌）たった一個の細胞が
生きものすべてのはじまり
自然界に手ぬきはない
ものみな一つの細胞から
生まれたいのち　尊い生命
三十八億年のむかし
生まれた一個の細胞
いのちの　みなもと

クラゲ

――バクテリアの歌は、姫君の胸にふかくきざまれました。

そのとき、鏡のなかに、すきとおってひらひらとゆれる、幻想的な生きものがあらわれたのです。

その生きものは、姿をかえず、鏡のなかでおどりつづけました。裳裾《もすそ》ひるがえして舞う天女のように。

クラゲ　「わたしはクラゲと申すもの。花や鳥やチョウを描きつづけてきた、一人の女絵師、堀文女は、『水のなかの小さな生きものに、究極の美を見つけたり』と感嘆され、とりわけ、わたしたちクラゲの仲間は、息をのむ美しさ、と口をきわめて絶賛されましたのよ。

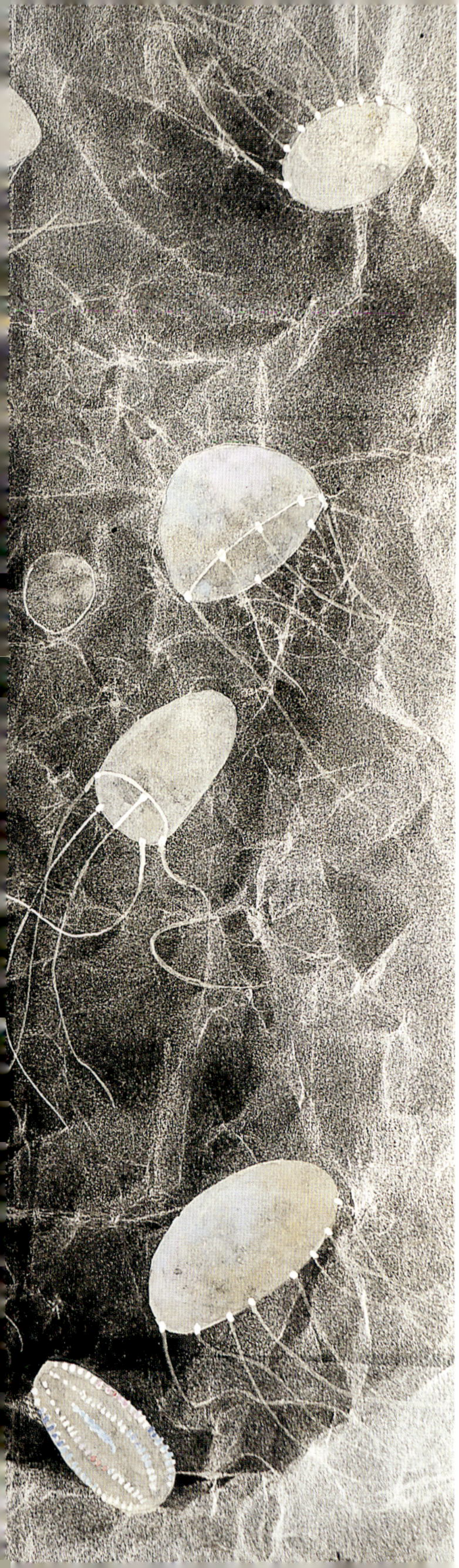

わたしたちはそのへんの若い小娘みたいに、美しくなろうとエステだのプチ整形などに、うき身をやつしているわけじゃないんですの。
ただ少しばかり理想が高くて、エサをとる手もほしい、口もあったらすてきね、ついでのことに胃もほしい、子どももほしいから生殖器もなんて、つぎつぎにつくっていったら、こんな形になっただけ。
仲間には、ちょっと手が長いほうがいいなんていうのがいて、望みどおり長ーい手を何本もヒラヒラさせたりしているわ。おもしろいでしょう。
なんだって望めばかなうものよ。じゃあねー」

タイ

――この世のものとも思えぬクラゲの舞いにみとれている姫君の耳に、豪快《ごうかい》な笑い声が聞こえました。ふりむくと、赤ら顔の円満な笑顔、小太りでみるからに裕福そうな、年配の男がたっていました。

タイ「いつ見てもうるわしいクラゲどの。しかし骨がないのは、ちとまずいのではないかのう」

姫「あなたはどなた？」

タイ「わしはタイというてな、最もメデタイといわれておる魚じゃよ。実は、わしより前にウニ、ナマコ、ホヤなど、酒の肴《さかな》にもってこいの連中が登場するはずじゃったが、順番を待っていたら、いつ姫君に会えるかわからん。

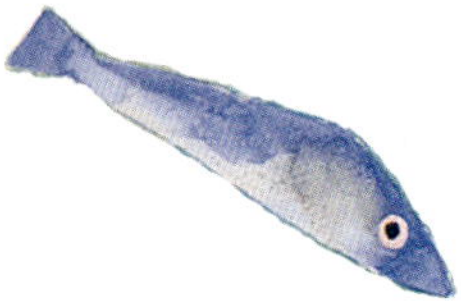

やがて人間へとつながっていくわれわれ金持ち、ではない、骨持ちの代表として、まかり出てまいったしだい」

姫「そういえば、タイにはりっぱな骨*がありますねえ」

タイ「その骨のまわりにはしっかりと肉をつけてな、海のなかを泳ぎまわれば、肉もググッとひきしまる。その味がいいといって目をつける輩《やから》がおる。それが、人間どもじゃ。生きもののなかでもっとも食い意地がはっていて、ずうずうしくて、身勝手で、いやらしくて……いや、これはご無礼を。人間といっても、姫さまは別格。毛虫を愛でる姫さまは、はなから別ものだと思っていますのでな。なにとぞお許しくだされ」

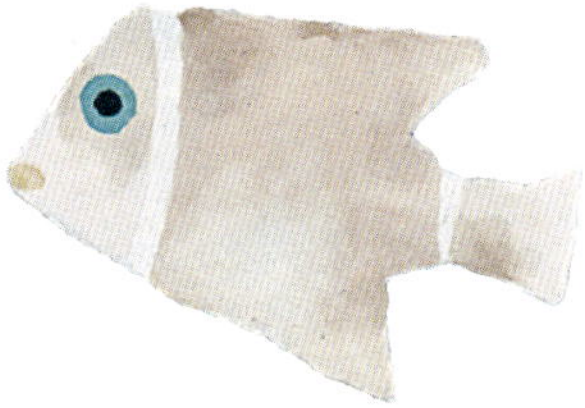
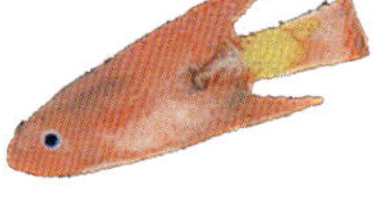

姫「いいえ、気にしてなどおりません。どうぞお話をつづけて……」

タイ「一方ミミズ、タコ、イカ、ムカデ、エビなんぞは昆虫へと……ま、連中のことはさておき、とにかく骨というのはたいしたもんでしてな。しっかり身体をささえられるから、陸へあがっていったものもいますんじゃ。カエルというヤツですがな。陸なんぞ住みにくかろうに、水に出会わなかったらどうする気だ。

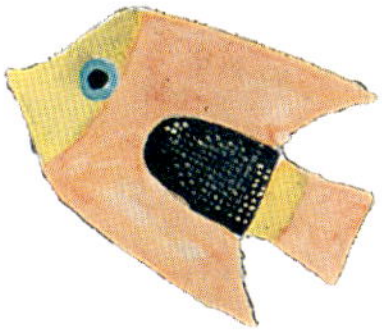

＊骨　陸へ上がるには、乾燥に耐えること、重力の中でしっかり体を支えることの二つの問題を解決する必要があります。昆虫は外骨格という形で体の外側に丈夫な殻を持ち、これをみごとに解決しました。ただしこの方法では、体があまり大きくなれません。一方、脊椎動物は内骨格、背骨を作り、その形が変わり、首ができ、肋骨によって胸と腰ができ、私たち人間に続くさまざまな形や暮らし方をする生きものが生まれ、ゾウやクジラのような大きなものまで生まれました。骨は、支えると同時に、動きも作りだす大事なものです。そしてもうひとつ、体にとって大切なカルシウムを蓄える役割もしています。

海にいりゃあ、まわりじゅう水だらけ、まさに極楽、極楽、だというのになにも好きこのんで……とはいうものの、それなりによいこともあるやもしれんなぁ。
実をいうと、わしには首がない。借金しとるわけじゃないが、首がまわらんのじゃよ。同じメデタイ仲間でも、果敢《かかん》に陸にあがったツルやカメには首ができてな、それをグルグル動かして、広い世間を見ておるようじゃ。
ほうれ、うわさをすれば影とやら、あそこの松の根かたにツルが舞いおり、まるで年賀状、イヤ、一幅《ぷく》のかけ軸のようじゃのう」

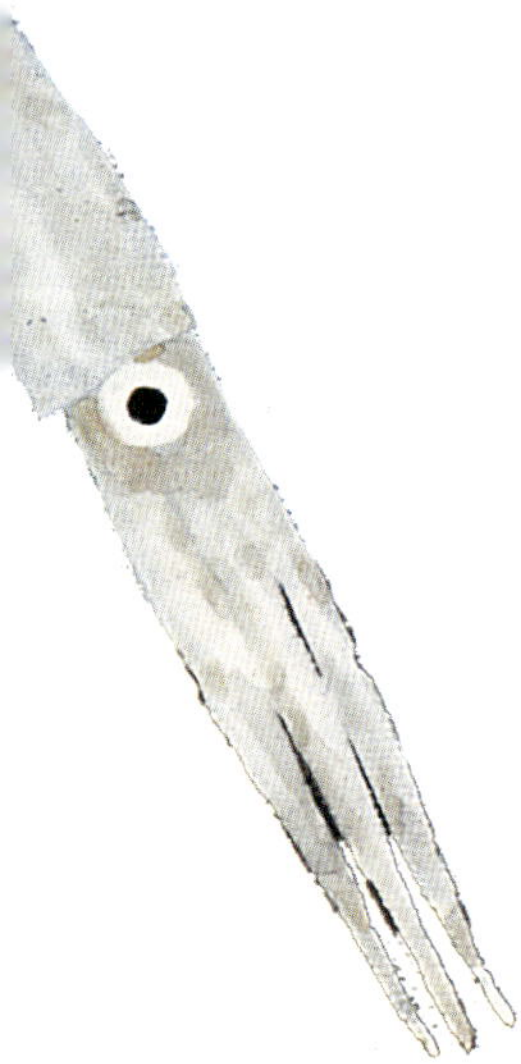

松

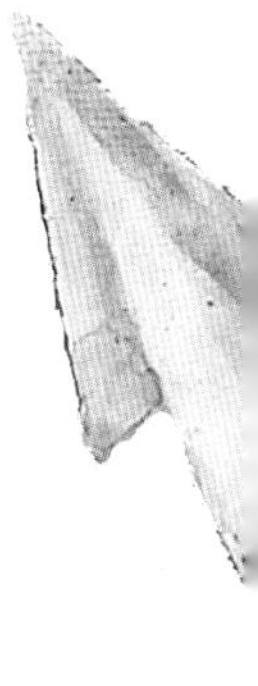

——姫君が、庭に目をうつすと、枝ぶりのいい老松《おいまつ》の幹のなかから、ひとりの品のいい老女があらわれるのが見えました。

松「これは、これは、はじめてお目にかかります。松が枝《え》と申すものにございます」

姫「まあ、曾祖母《おおばば》さまにそっくり」

松「それはなんと光栄なこと。わたくしは、いつもお庭から、はつらつとした姫さまのご日常を拝見し、いつかお話しさせていただきたいと願うておりました。

つねづね、母君さまはお気をもまれておいでのようですが、元来、女のほうが活発なのでございます。

生きものの世界では『メス』と申します。わたくしは別にフェミニズムではございませぬが、＊メスあらばこその生きものだと確信しておりまする」

バクテリア「おいらたちバクテリアなんか、メスもオスもなしで、どんどん増える。

だがまあ、そこはそれ、いろんな生きかた、『多様性』ってヤツがあらァな。ま、うまくやってくんねェ」

松「おそれいります。ところで姫さま。あなたさまは、わたくしども木は動かぬものとお思いでございましょう。

ところが、わたくしの子どもはおとなりのお庭で、たいそう元気に暮らしておりますし、孫などは、庭のような狭くるしいところは性《しょう》にあわぬと、山へいったり、海にまいったり」

姫「山や海まで、どうして動けるのでしょう」

松「それこそがメスの出番でございます。ごぞんじ、松ぼっくりはメスの花。そのなかにある種には、つばさがあるのです」

姫「つばさですって？　まるで鳥のよう」

松

「風にのってふわりふわりと。牛車《ぎっしゃ》や駕籠《かご》になど乗らずとも、どこへなりと動くことができるのでございます」

＊メス　生きものの歴史のなかで「性」の誕生は大きなできごとです。バクテリアなどは分裂によってふえ、カイメンは出芽でふえる無性生殖です。精子と卵という生殖細胞が生まれ、受精によって次の世代が生まれるというめんどうな有性生殖は、ここで遺伝子がまじりあい、それまでにはない新しい組み合わせの遺伝子をもつ多様な個体を生みだすことになりました。この場合、受精卵は、細胞として卵、つまりメスを引き継ぐので、生きものの歴史をたどると、メスでつながっていることになります。

シダ

――そのとき姫は、松の木のかげからきこえてくる低い声をききました。

シダ「ああ、うらやますィ。何《なぬ》がにつけて縁起がええともではやされ、鶴ど並べばメデタイ、メデタイと、絵ヌなり、歌《うだ》によまれるお松どの。はなばなすィおめさまぬくらべ、文字《もず》どおりの日かげ者、日の当だらねトコでひっそり暮らすておる、私《わだす》らだ」

姫「まあ、じめじめと、なんて暗い声。どんなおかたなのでしょう」

バクテリア「おい！　どこのどいつか知らねえが、グチなんぞいってねえで、ちょいと顔をみせてみろって」

シダ「見せるほどの面《つら》ではねえが、スダと申《も》すモノ、以後お見知《す》りおきを」

バクテリア「なにぃ？　スダ、だと？」

シダ「おめさま、ちいとナマってる。スダ、ローマ字で書ぐと『ＳＩＤＡ』でがんす」

バクテリア「なんでえ、シダかあ。でもさあ、いじけるこたあねえよ。だいたい、ひっそりってやつのほうが、だいじなことをしてるもんなんだよ。ジメジメしねえで、胸はれったら」

シダ「すたば、バクテリアの兄《あぬ》さんのエールさ応《こだ》えて、少すばかり自慢《ずまん》話《ばなす》をすっか。なんぼ日かげさおっでも、近頃《つかごろ》の『引きこもり野郎』とは、つとわけが違《つが》う。陸さ上がり、得意の光合成でいっしょけんめに食べものつぐり。酸素もつぐったのは、この私《わだす》の仲間でがんす。すかも、近《つか》ごろの研究ぬよると、私《わだす》の中には既に花づぐり*の遺伝子があるどか」

姫「なにごとも、光合成がはじまりなのですね。でも、あなたのような地味なおかたに花のもとがあるとは、知りませんでした」

シダ「そこそこ、そこでがんす、姫さま。能あるタカは爪隠《かぐ》す、学あるブタは

＊植物で目立つのは、花です。ところで、花の役割は生殖で、その起源は花の咲かない植物にあります。そこで、シダを調べたところ、花をつくるための遺伝子と同じものがありました。花の形成のために新しい遺伝子が作りだされたのではなく、古くからあった遺伝子がはたらきを変えて、花が咲くようになったのです。動物ではカイメンに脳と同じ遺伝子がありましたね。

姫　ヘソ隠《かく》す、そんでもって、シダは花隠《かく》すと、そいやんしてな。牡丹《ぼたん》、シャクヤク、ユリの花、なにさでもなれる可能性を秘めでいるのでがんす」

シダ「そうなんで、がんすの？」

姫「ハイ」

シダ「ひとつひとつの生きもののしくみ、なんて奥が深いのでしょう。手のなかの小さな毛虫に、わたしの胸が、あれほどときめいたその謎が、いまこそわかったような気がするわ。生きもののすべてが、たった一つの細胞から生まれるなんて……」

（歌）たった一つの細胞が
生きもののすべてのはじまり
自然界に手ぬきはない
ものみな　一つの細胞から
生まれたいのち　尊いいのち

シダ「さすが姫さまだ。尊いいのちって節まわし、最高だぜ、たまんねえなァ」

姫「ありがとう、うれしいわ」

ミドリムシ「わてらミドリムシも毛虫も、お姫さまも、生命《いのち》はみなつながっているること、ようわからはったようで、うれしいわあ。水んなか、土んなか、わてらの仲間がギョウサンおりましてなぁ、それが人間の生命《いのち》をささえてるんどす。見えへんとこを見るのんが、賢さやおへんか。

ついでに、人間みたいに戦《いくさ》で仲間をほろぼす生きものは、おらへんことも、みなさんに、よう伝えといておくれやす」

姫「わかりました。たしかに」

バクテリア「そいじゃあ、ここいらで、細胞一座の幕をおろすことにするか。

姫さま、ありがとうござんした」

いのち愛《め》づる姫君

──一陣の風と七いろの光につつまれて、さまざまな装束《しょうぞく》の一団が鏡のなかに吸いこまれるように消え、ふと気がつくと、鏡はもとの几帳《きちょう》にもどっていました。

姫「まあ、夢だったのかしら、いいえ、夢ではありませぬ。こんなに心が満たされているのですもの。あの生きものたちの言葉のひとつひとつが、こんなにも深く、胸にきざまれているのですもの」

──おりしも、かごの中のサナギがチョウになって、ひらひらと舞いあがりました。姫君はチョウのゆくえを追いながら、楽しい細胞一座を思いだしていました。

虫愛づる姫君は、いまや「生命《いのち》愛《め》づる姫君」に成長されたのです。

姫君じしんも気づかぬうちに……。

（歌）ものみな一つの細胞から
生まれたいのち
尊いいのち

三十八億年のむかし
生まれた一個の細胞
いのちの　みなもと

登場する生きものたち —— 中村桂子

■**バクテリア（細菌）**

私たちの腸内に常在する大腸菌、ヨーグルトづくりで活躍する乳酸菌、ナットウの発酵《はっこう》に欠かせない枯草菌など、はたらきではなじみの仲間が少なくありません。でも、〇・五〜二㎛（マイクロメートル）という大きさの原核細胞がたった一個で暮らしている生きものなので、目には見えません。「原核単細胞生物」と呼びます。原核細胞には核がなく、DNAがそのまま細胞内に存在してゲノムとしてはたらいており、ミトコンドリア、葉緑体などの構造もありません。

おそらく、最初に生まれた細胞に最も近い形で存在していると考えてよい、現存の生きものです。三十八億年の間、たった一個の細胞でいかに巧みに生きるかという工夫がなされてきたので、どんな環境のところにも（海底、地底、極寒地、乾燥地など）仲間がいます。元気な若者の感じです。

バクテリア

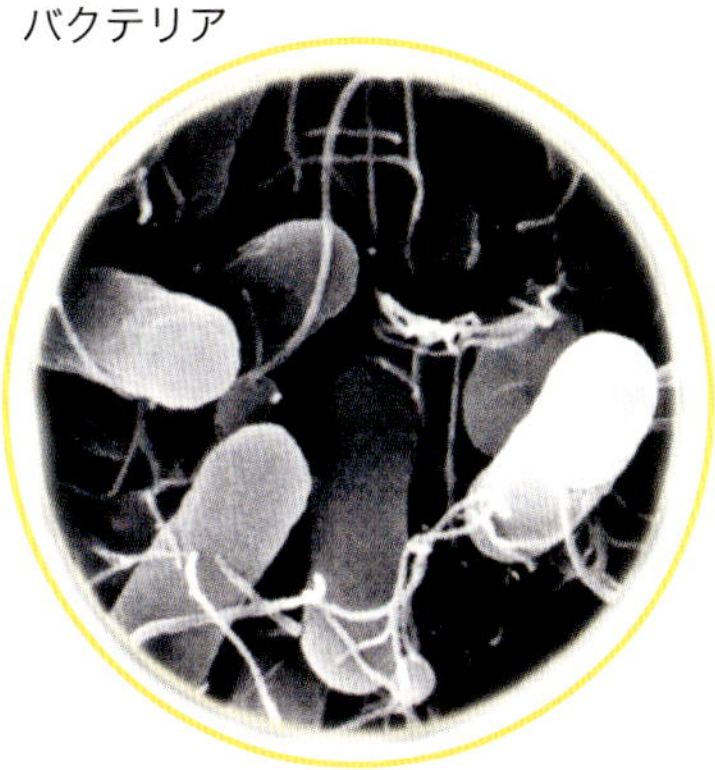

■**ミドリムシ**

淡水性のプランクトンで、池、沼、水たまりに一年じゅう見られるので、理科の時間に顕微鏡《けんびきょう》で見た方も多いのではないでしょうか。辞典には、「原生生物の中の植物性鞭毛《べんもう》虫網」とあり、「えっ、植物で虫？」と気になります。原生生物は、バクテリアと同じように細胞一個で暮らしているのですが、真核細胞であるところが違っています。

大きさは、原核細胞の一〇〇〇倍ほどと、大型です。真核細胞は、大型細胞の中に、酸素を使って呼吸するバクテリアや、光合成をするラン藻が入りこんでできただろうと思われます。前者がミトコンドリア、後者が葉緑体になったというわけで、私たちを構成している細胞そのものが、共生でで

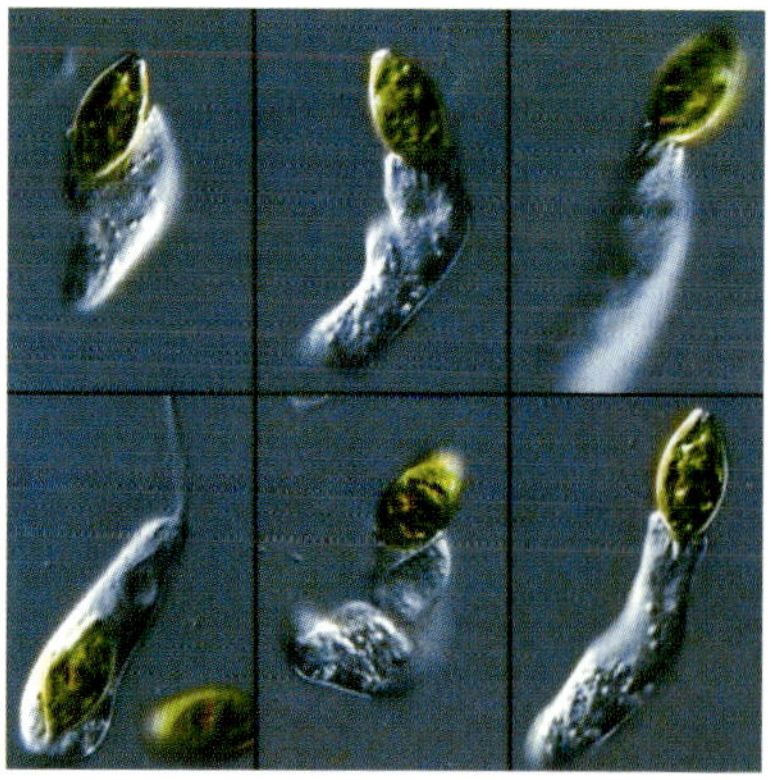

ミドリムシ

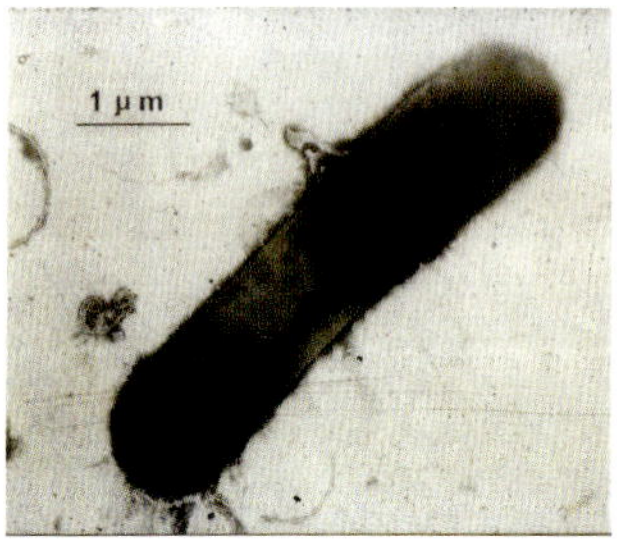

原核細胞
好熱菌 Bacillus PS3
（画像提供：東京工業大学教授・吉田賢右）

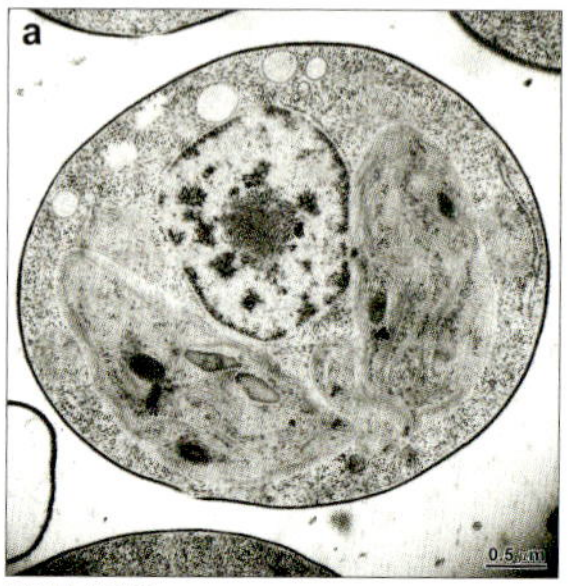

真核細胞
単細胞藻類クロレラ

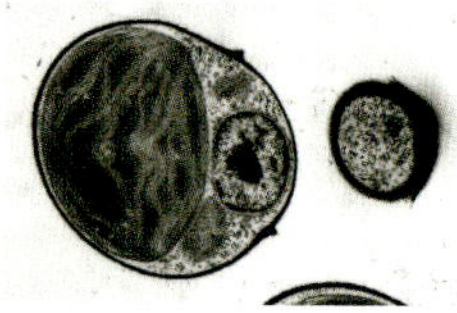

真核細胞
単細胞藻類アルバニア
（画像提供：専修大学・山本真紀）

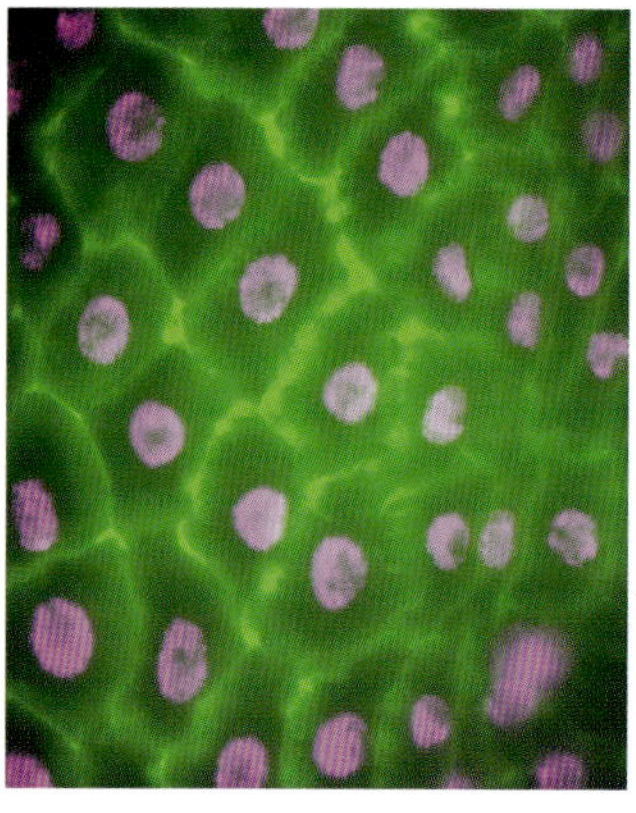

ショウジョウバエの腸の細胞（多細胞化）
ピンク色→核（DNA）
緑色→細胞膜（カドヘリン）
（画像提供：JT 生命誌研究館・小田広樹）

きているのです。

この細胞が生まれたのが、十五億年前。真核細胞は原核細胞と違って多細胞化できるので、以後、さまざまな形の眼に見える生きものたちが登場します。

気づかれましたか？　真核細胞ができてから人間誕生までの時間より、生命の起源からこの細胞が生まれるまでの時間（二十億年以上）のほうが長いのです。真核細胞の誕生がいかに大変なことだったかがわかります。ミドリムシは、光合成をするので、植物のようでもあり、体の前端に鞭毛があって動くので、動物のようでもあるという、なかなかの存在です。いろいろなものを取りいれて融合し、生かしてきた、京都に暮らす女性のイメージがぴったりではありませんか。

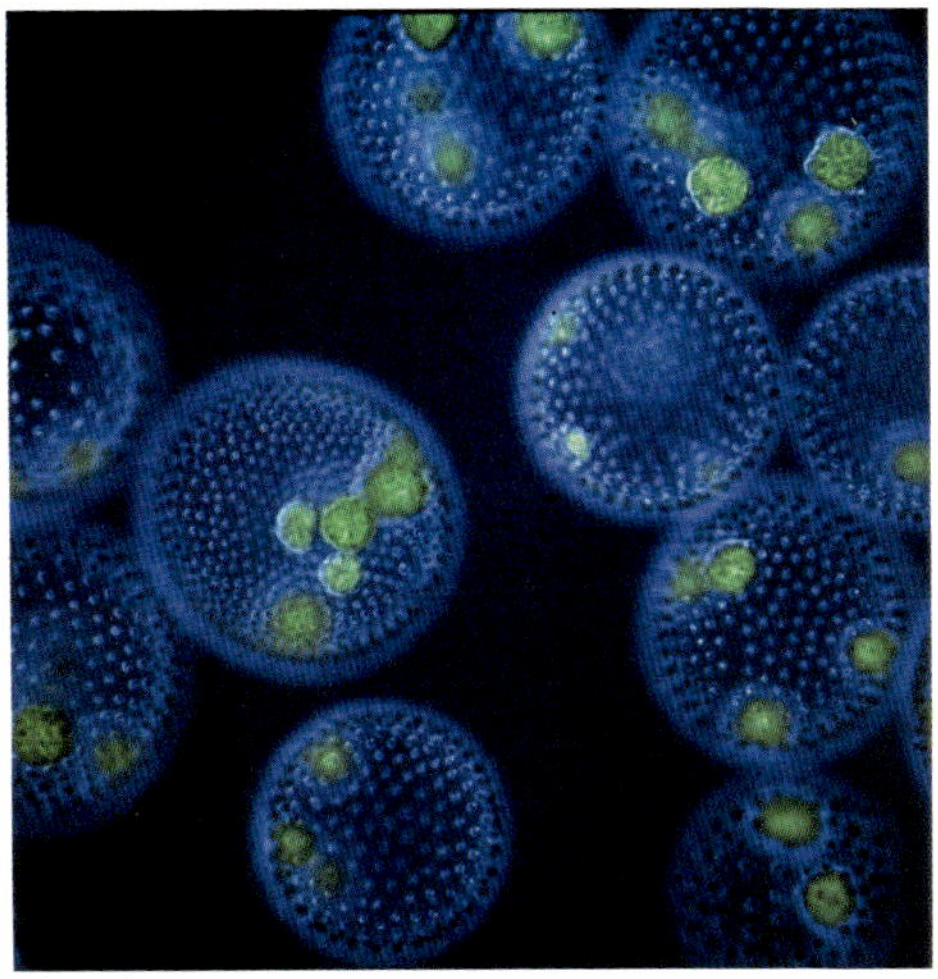
ボルボックス

ボルボックス

和名をオオヒゲマワリというのでもわかるように、すきとおった球がクルクルまわる、きれいな生きものです。ミドリムシと同じ植物性鞭毛《べんもう》虫網に入る単細胞のクラミドモナス（体の前の方に二本の鞭毛虫をもつ）が、群体として数千個から数万個も集まったものと考えられてきました。個々の細胞は、たがいに細い細胞質でつながっているので、鞭毛の動きは統合され、全体がクルクルまわるのです。

最近になって、ボルボックスは多細胞生物であり、一つの個体であると考えてもよい、という考え方が強くなってきました。生殖細胞として専門化した細胞が一端に集まって、それが分裂して新しい小さな群体を作るのです。単細胞から多

カイメン
Jaspis（画像提供：琉球大学・田中淳一）

ボルボックス

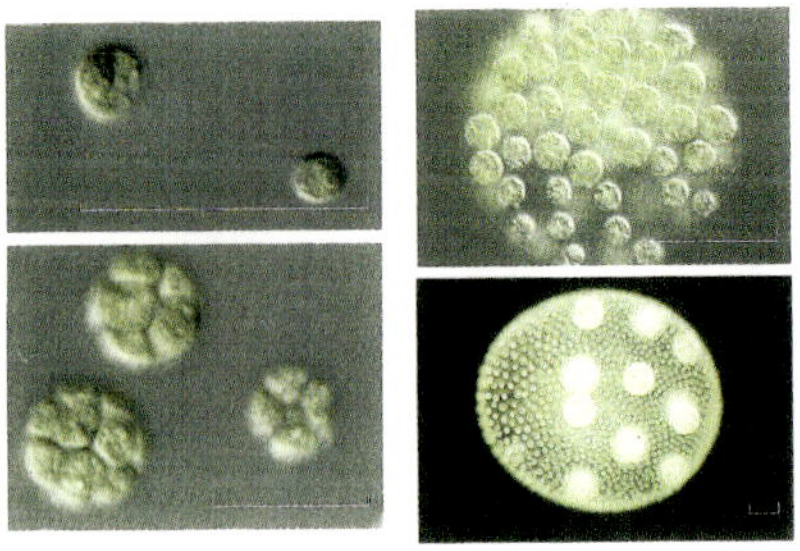

細胞への変化がかいま見られる生物として、とても興味深いものです。これから新しいことがたくさんできるぞ、とはりきっている若者です。

カイメン（海綿動物）

ここまで来るとれっきとした動物ですが、下端で何かに着生するので、自由に動きまわることはありません。細胞どうしの接着が弱いので、ガーゼにくるんでつぶし、これを何枚か重ねたガーゼで濾《こ》すと、細胞がバラバラになって濾されてきます。これを海水のなかに入れておくと、細胞はだんだん集まり、またカイメンにもどるのです。この時、種類の異なるカイメンの細胞を混ぜておくと、同じ種類の細胞どうしが集まる、という実験もされました。ここから、細胞はただくっついているのではなく、自分が何者であるかがわかっており、きちんとした組織や個体をつくるように集まることがわかります。そこで、細胞は話しあっているとか、社会を作っている、と言うのです。言葉ではなく物質を通してですが、確かに話しあっています。これが多細胞動物を作っている細胞の性質です。おしゃべり好きでちょっとうるさい町娘に似ていませんか。

クラゲ

海に浮かぶ寒天のようにすきとおった姿は、一見優雅ですが、刺胞《しほう》動物と呼ばれる仲間です。受精卵から生まれるポリプは着生生活を送り、そこから変態や無性生殖というかたちで、いわゆるクラゲ形になります。無性生殖と有性生殖、変態など動物が多様化していくプロセスの基本を見せてくれると言ってよいでしょう。

タイ

どなたもご存じ、めでタイのタイです。私たち人間も仲間である「脊椎《せきつい》動物」の始まりを知るのによい生きものです。魚類として最初に登場したのは、無顎《むがく》類というあごのない仲間、歯もないので大量のプランクトンを濾《こ》して食べていました。

表面は甲らでおおわれ、中は軟骨。その後、えらを支える骨（鰓弓《さいきゅう》）のうち、前のほうにあるものが変化して、あごの骨になったのです。その後、あごとリン酸カルシウムでできた硬い骨とを持ち、骨によって頭からしっぽまでがつながった現在の魚に近いものが生まれ、よく運動し、パクリとエサを食べて広い生活圏をもつことになりました。あごって、積極的な生き方を支える、大切なものなのです。

ただし、魚類には首がありません。キョロキョロできないのです。首は、陸上進出をしてから手に入れることになります。大人ではあるけれど、首がないために、視野が狭いかなというので、太ったおじさんに。ゴメンナサイ。

松

これもおなじみです。ここまでは動物の世界を追ってきましたが、生きものとしての大きな仲間に植物があります。植物は、コケ、シダ、裸子《らし》、被子《ひし》の四つに分けられます。動物に比べると大ざっぱなくくりですが、それぞれのなかにさまざまな種があり、地球上の全域に広がっています。植物の特徴は、光合成ができること、細胞が細胞壁を持っていて大きくなる時は生長点が伸び、細胞を積み重ねるようにして体を作っていくことです。

動物と違い、体を構成する細胞から新しい個体を作ることができる（さし木を小さくしていき、一個の細胞にまで達してもそこから個体ができる）のも、植物の特徴です。つまりクローンはいくらでも作れるということです。動けないので、自分を守るために他の生きものにとって毒になる物質を作ったり、昆虫や鳥や風などに花粉を運んでもらって生息域を広げたり、その巧みさには驚きます。

太陽のエネルギーを利用可能な形にして生態系の基本を作る植物、緑で私たちの気持を和ませてくれる植物。現代生物学の眼で見るとき、植物は生物界を支えるとても大きな存在です。社会や家庭をしっかり支えている、おばあさまです。

シダ

海のなかで誕生した生命体が陸に上がるのは、大変なことでした。最初に上陸したのは、植物。おそらく、藻類《そうるい》が湿地で暮らすようになり、その後で、シダ植物、コケ植物が陸で育つことになったのでしょう。

陸での問題は、なんと言っても乾燥です。生きものに必須なものは何かというなら、「水」。地球には水があったからこそ、生きものが誕生したのですから。

シダやコケは胞子《ほうし》を作ります。乾燥しているあいだは胞子の形でじっとしていて、水が得られるようになったら芽を出すのです。その後、植物は裸子植物、被子植物と進化し、美しい花を咲かせるようになりました。美しいと書きましたが、それは人間の価値観です。花は生殖器官です。生殖を有効にするためにさまざまな工夫をするなかで、私たちが美しいと思うものも生まれてきたのです。最近の研究で、シダの段階から、花をつくる遺伝子は存在していたことがわかってきました。これに限らず、さまざまな遺伝子は、十億年前というような古い時代に準備され、その後はそれをさまざまに用いてきたのだろうと思われるデータが出ています。

きれいな花を咲かせたり、大きく伸びる植物のなかでは目立たずちょっとさびしげに見えますが、シダの潜在能力にはすばらしいものがあります。エールを送りましょう。

動物の世界でも、魚につづいて、ここに登場するカメやツル、そして人間など、両生類、は虫類、鳥類、ほ乳《にゅう》類と多様な暮らしかたをする生きものが登場し、現在の生態系ができてきました。その中で最後に登場したのがヒト、私たち人間です。その一人、「蟲愛《むしめ》づる姫君」のとある一日に、さまざまな生きものが登場し、生きもののおもしろさ、すばらしさを伝えています。もともと虫を愛づるという気持ちがあり、生きものへの関心が高かったお姫さまです。バクテリアくんの指導よろしきを得て、「生きている」こと、そのことを愛しむ気持ちをもつ、さらにすてきな女性、つまり「いのち愛づる姫君」へと育っていきます。

解説　ものみな一つの細胞から　——中村桂子

お楽しみいただけましたでしょうか。「朗読ミュージカル」ですので、(歌)というしるしのついているところは、ちょっと節をつけて歌ってくださるとよいかもしれません。

細胞って?

「ものみな一つの細胞から」。生きもののことを考えるときの基本として、私が大事にしている言葉です。

■細胞。お姫さまは「財宝?」とお聞きになりました。財宝も決して悪くありません。でも昨今、これに眼がくらんではいないでしょうか。バクテリアが言っているように、「財宝」よりはるかに魅力的なのが「細胞」だ、と私は思っています。お金よりいのちの方が大切だし、「生きる」が基本であって、お金はたまたま人間が便宜上使いはじめた道具でしかないでしょう。最近は、DNA、ゲノム、遺伝子、さらにはタンパク質、糖など、生きものについて語るときに、さまざまな言葉が登場します。とくにDNAや遺伝子は人気があり、愛も戦争もすべてこれで語られています。

確かにDNAという物質は、おもしろい。調べれば調べるほど、生きものの特徴が見えてきて興味深いものです。でもDNAは物質であり、それが遺伝子としてはたらくには、細胞という場がなければなりません。DNAやタンパク質があるだけでは、「生きている」という状態にはなりません。ここがとても大事なところです。生きている最小単位は細胞です。だから、たった一個であっても、細胞であるバクテリアはれっきとした生きもの、大活躍です。

細胞を分析すると、DNA、RNA、タンパク質、糖、脂肪など、おなじみの物質でできているのがわかります。それらはまた、炭素、ちっ素、酸素、水素、りんなど、おなじみの元素でできており、「いのちの素」のような特別なものがあるわけではないのです。ですから、生物学は、物質の世界と生命の世界はつながった、という考え方で研究を進めています。

けれども、実は、現代科学の方法で、細胞をつくることはできません。「細胞は細胞からしか生まれない」のです。でも、たった一度だけ、太古の海——化石などの証拠から三十八億年ほど前だろうとされているのですが——で、一個の原始細胞が誕生したことは確かです。これがなければ、今地球で暮らす生きものたちはどれも生まれてこなかったでしょう。もちろん私たちも。別の言葉で表現するなら、地球上の生きものはすべて、この細胞から生まれた仲間だということです。

生きものはみな同じ仲間

ここで、ちょっとお断りです。「たった一度だけ一個の細胞が生まれた」と言っているのは、象徴的な表現です。おそらく細胞ができたのはたった一度ではないでしょう。ある条件が整えば、最も簡単な細胞（最も大事な性質は自分自身を複製できるということ）はできるのではないかと考えられます。実は、今も海底に、高温高圧でエネルギーの元になるイオウなどが存在する、太古の海に近い場所があります。もしかしたら、そのような場所で原始的な細胞が生まれているかもしれません。

でも、それが数億年もの時間をかけて変化していく様子を見ることはできませんし、すでに生きものたちがいますから、食べられてしまったり、暮らしにくかったりと、ここで新しい生命の誕生を見るのは難しいでしょう。最初に生まれた細胞が一個だったかどうかも、わかりません。生命誕生の条件下では同じようなものがいくつも生まれたでしょう。でも現存の生物たちの細胞を見ると、すべての生物の細胞は同じところからきているとしか考えられないので、まさに象徴的に「一個の細胞から」と言ってよいと思います。とにかく地球上の生きものすべてが親類であることは、確かなのです。

「ものみな一つの細胞から」という言葉の中には、このように細胞の大切さ、私たち人間も含めて生きものはみな同じ仲間だということ、さらには私たち一人一人の存在の背景には三十八億年という長い歴史があることなど、生きもののもつ豊かな広がりに思いを致しましょう、という気持ちがこめられています。

ところで、もう一つ。「ものみな一つの細胞から」という言葉にこめたことがあります。私たち一人一人の始まりは「受精卵」。これは一つの細胞です。一つと言ってもとてもふしぎな細胞で、卵と精子という二つの細胞が融合してできた細胞なのです。

通常、細胞と細胞が融合することはありません。心臓をつくっている細胞たちが混ざりあったら、しっかりした形は保てません。ましてや、心臓の細胞と肺の細胞が融合したら、体の中はゴチャゴチャです。つまり細胞は、細胞としてしっかり個を確立しているものなのですが、とても興味深いことに、生殖細胞だけはなぜか融合するのです。いえ、融合しなかったら意味がありません。こうして生じた一つの細胞、「受精卵」からだけ、生きものは始まります。

人間の大人の体は数十兆個もの細胞からできていると言われていますが、それらはすべて受精卵という一つの細胞が分裂してできたものです。もちろん人間だけでなく、イヌもネコもトリもカエルも、一つの細胞から生まれてきます。新しい個体は、それぞれきちんと一個の細胞から始めましょう。ずるをして途中から、などという生きものは一つもありません。キツネもタヌキも、みな一個の細胞からです。このように、生物全体を見わたしたときには大昔にできた一個の細胞から生まれていますし、一つの個体も一個の細胞から生まれます。つまり「ものみな一つの細胞から」なのです。

一個の受精卵を必ず新しく生じさせることによって、それまでになかった新しい個体が生まれることが大事なのです。多細胞生物はこうして、ていねいに、ていねいに一つずつの個体、かけがえのないたった一つの個体を生み出しています。手抜きをせずに。私たちの誰もがこうして生まれてきたのです。長い長い歴史を背負っていること、このようにていねいに生まれるのだということを考えたら、ていねいに生きないではいられません。

「蟲《むし》愛づる姫君」との出会い

これまで述べてきた細胞に関する事実を明らかにしたのは、現代生物学です。コルクを顕微鏡で見たR・フックが、小部屋からできているのを見て、小部屋に細胞（cell）という名前をつけたのは十七世紀の半ばですが、生きている細胞が観察され、そのはたらきが調べられるようになったのは、十九世紀後半になってからのことです。最初に述べたような、細胞内でのDNAやタンパク質などの分子のはたらきがわかってきたのは、二十世紀後半。いずれにしてもつい最近のことです。しかもこれらの研究の始まりは、どれもヨーロッパやアメリカにありました。日本はそれを取り入れるばかりだ。科学についてはいつもそう言われてきました。確かに、それは認めざるをえない事実です。

そんな中で、ある時、ある物語に出会いました。十一世紀、『源氏物語』とほぼ同じ時期に書かれたとされている『堤中《つつみちゅう》納言《なごん》物語』の中の「蟲愛《むしめ》づる姫君」です。それがここに登場したお姫さまです。比較的よく読まれているものなので、御承知の方も多いと思いますが、あらすじはこうです。

平安の都に住む大納言の姫君は、小さな虫を小箱に入れ、「これが成らむさまを見む」「烏毛虫《かはむし》の心深きさましたるこそ、心にくけれ」と言ってかわいがります。「人びとの、花、蝶やと愛づるこそ、はかなくあやしけれ。人は、まことあり。本地《ほんじ》尋ねたるこそ、心ばへをかしけれ」。

「本地尋ねたる」は、仏教用語で「本質を問う」という意味だそうです。日本の物語のなかでこの言葉が用いられたのは、これが初めてとか。

侍女など周囲の人は、「そんな汚いものを」と逃げまわりますし、両親は、「これではお嫁に行けないのではないか」と心配します。けれどもこのお姫さまは動じません。先にあげた言葉で、みなに問いかけます。「毛虫をじっと見ていると、あなた方が美しいという蝶《ちょう》になるのです。あなた方は、花や蝶を美しいというけれど、これらははかないものでしょう。生きる本質は毛虫のほうにあり、時間をかけて見ているととても愛しくなる。これがわからないの」と。

愛づるは、美しいから愛するとか、自分の好みのままに好きになるという愛ではなく、時間をかけて本質を見いだした時に生まれる愛であり、知的な面があります。philosophyは「哲学」とされましたが、そのまま訳せば「愛知」。この時のphilo-がまさに「愛づる」でしょう。なんとすばらしい言葉であり、内容ではありませんか。

卵から幼虫へ、さらに成虫へという変化を追うのは、発生生物学であり、しかも見かけにとらわれず本質を知ろうとするのが、本来の科学のありようです。ヨーロッパで近代科学が誕生したのは一七世紀ですから、それより六百年も前に、科学の精神をもったお姫さまが日本にいらしたというのは、なんともうれしいことです。

それにもう一つ、このお姫さま、「人は、すべて、つくろう所あるはわろし」と言って、当時上流階級の子女には当然とされていた、眉を抜いたり、お歯黒をつけたりということをしないのです。現代の言葉を使うなら、自然志向です。あるがままをよしとし、小さな生きものが懸命に生きる姿を見つめ、それを「愛づる」ことは、生きものを知る基本でしょう。

ところで、現代科学は、ガリレオ、デカルト以来、生きものも含めて、自然を数式で書かれているととらえ、機械として解明していくことによって進歩してきました。生命科学は生きものを機械とみなし、その構造と機能を解明すれば生きものがわかる、としています。しかし、三十八億年前に生まれ、これまで続いてきた生きものは、歴史の産物、つまり時間をつむぎ、物語を語り継いできたものなのです。生きものの中にある歴史を読みとり、生きていることを全体として、過程として捉えていかなければ、「生きている」ことを知ることはできません。このように考えている「生命誌」の原点は、まさにこのお姫さまにあります。

機械論的世界観で、生きものも機械のように分析してきた科学のもつ問題点の一つは、生きものが生まれてくること、それが生きることをみつめて愛しく思う心を失っていることではないでしょうか。研究のデータは客観的なものでなければなりません。けれどもそれは、生きものを愛づる気持ちを捨てることを意味しません。むしろ生きものが何を教えてくれるか、謙虚にその語る言葉に耳をかたむけるとき、よい研究が進められると言ってもよいでしょう。

ここで興味深いのは、「蟲《むし》愛づる姫君」が、侍女や両親から心配されながらも愛されていることです。愛づる者は自らも「愛づる」の対象になる。こうしてよい人間関係が生まれ、よい社会がつくられるのです。

「ものみな一つの細胞から」。この言葉のもつ意味はこのように、あらゆるもののつながりを示します。それと同時に、一つの細胞から、これほど多様なものが生まれてきたことという事実に対する驚きもまた、この言葉のなかにはあります。長い時間をかけてさまざまなものが生まれてきたこと、その一つとして私たち人間もあるのだという認識です。ここからは謙虚に生きものに向き合う気持ちが生まれます。

さまざまな生きものたち

現生人類がこの世に登場してから二十万年足らず、ヒトという生きものが生まれてから六百万年、生命誕生からの三十八億年の中ではなんとも短い時間です。この長い時間に、獲得されたさまざまな性質の結果、私たちが生まれてきたのであり、この時間を他の生きものと共有しているということが大事です。その歴史の中で節目になった事柄、その代表選手が、この物語には登場しています。登場人物の項で紹介しましたが、もう一度、とくに私たちとの関係について述べておきましょう。

■まず、バクテリア。とにかくこの世に一個の細胞が生まれなければ、何も始まりません。その証拠のような存在、おそらく最初の細胞に最も近い姿と思われます。

でも、誤解しないでください。バクテリアは起源が古いだけで、今も古いままでいるわけではありません。みごとな進化をしています。バクテリアの進化は、なるべくスリムに、余分なものは持たずにという方向に向かっています。細胞の中にあるＤＮＡ（ゲノム）の様子を見ても、とてもムダが少ないのです。この点では、私たちにも真似のできない、すばらしい能力を持っていると感心させられます。

■次に生まれたのが、真核細胞。これは一個の細胞とはいえ、すでに複雑なシステムと言ってもよいでしょう。すでに紹介したように、やや大きめの細胞のなかに、酸素呼吸でエネルギーを効率よく生産する細胞が入りこみ、ミトコンドリアという小器官になりました。共生です。入った細胞にしてみれば、他の細胞の中は、暮らしやすい場所ですし、入られた細胞にとっては、エネルギーをつくってくれるなんてありがたい、ということだったのでしょう。ついでに葉緑体をもつ細胞を共生させる細胞もでき、それが植物になりました。植物は太陽の光と二酸化炭素と水とからでんぷんを作り、動物を支えてくれています。

とにかく、真核細胞が生まれたことが、その後の多細胞化につながり、現存の大型生物につながったのです。生きものの歴史のなかで最も大きなできごとは何かと考えたとき、起源を除けば、真核細胞の出現だと思います。この細胞ができたときに、ヒト誕生までの可能性が生まれたと言ってよいからです。ミドリムシには、その代表選手として登場してもらいました。

▨ボルボックス、カイメンは、まさに真核細胞の能力である多細胞化への道を示す生物です。でも、この時期には、神経系はありませんし、筋肉もありません。神経や筋肉が生まれてくるのはクラゲの仲間（刺胞《しほう》動物門）からです。ただ、おもしろいことに、神経や筋肉ではたらいている遺伝子は、それ以前から存在していたことがわかっています。よく「○○の遺伝子」と言われます。時には「愛の遺伝子」なども。けれども遺伝子は、あるタンパク質を作るという能力しかありません。作られたタンパク質をどのように使うかは、遺伝子の仕事ではないのです。一つのタンパク質が、脳の中で「考える」という作業を行う時に使われることもあれば、腸の中ではたらくこともあるのです。つまり、今脳の中ではたらいている遺伝子は、脳のためにつくられたのではなく、ある遺伝子のつくるタンパク質がはたらいているうちに、脳で考えるという作業にも関わるようになった、というのがあたっています。

遺伝子って？

遺伝子については、「○○の遺伝子」という言い方はないと言ってよいでしょう。そうです。「私の遺伝子」という言い方もおかしい。あるタンパク質を作る遺伝子は私の中にもあなたの中にもある、それどころか、カイメンの中にもバクテリアの中にもあるのです。遺伝子を見る時は、みなで共有している、普遍的なもの。ゲノムとして全体になった時に初めて、ヒトゲノムとか私のゲノムという言い方ができるのです。皆と共有していながら、自分独自のものを生み出すところにＤＮＡ（ゲノム）のおもしろさがあります。

▨私たち人間は、脊椎《せきつい》動物。つまり体内に骨格のある仲間であり、魚から両生類（カエルなど）、は虫類（恐竜、イモリなど）、鳥類、ほ乳《にゅう》類と新しい形や暮らしをする生物として生まれてきました。一方の仲間は、昆虫を中心とする節足動物。こちらは外骨格と呼ばれ、外側に硬い殻があるためにあまり大きくはならず、その代わり、その多様化には眼を見張るものがあります。チョウはこちらの仲間です。多様化という点では、昆虫が最も繁栄していると言ってもよいでしょう。とにかくこのようにして見てくると、それぞれの生きものの持つ能力に驚き、人間が特別だとか、人間が一番だとかいう気持ちは消えていくのではないでしょうか。仲間の一つとして生きていこうという気持ちになってくださったでしょうか。

さて、仲間の一つとしての私たち人間は、とても大きな脳と、自由な手と、言葉とを持つという特徴のために、文化・文明という他の生きものにはないものを持ちました。バクテリアについて研究をしたり、飛脚みたいだね、と言って舞台に登場させたりするのは、私たちが人間だからできることです。生きものの仲間たちみなが、それらしく生き生きと暮らしているのを見てうれしくなる気持ちも、人間であるがゆえにもてるものです。私たちに与えられた能力はすばらしい。でも人間は、自分たちの欲望のために勝手なこともします。このミュージカルで、ミドリムシともカイメンともお近づきになった私たちは、彼らの生き方もすばらしいとわかったので、彼らが生きにくいような状況を作ることはできなくなりました。もうあまり勝手なことはできませんね。

実は、最後にお詫びをしなければならない仲間がいます。キノコたち、菌《きん》類です。生物の世界は大きく五つに分けられています。バクテリア、原生生物（ミドリムシなど）、菌類（キノコなど）、動物、植物と。このミュージカルには、キノコたちに登場してもらえませんでした。シダと一緒に登場してもらおうかな、とも考えましたが、胞子《ほうし》になってお休みしていた、ということにしました。というのもこの仲間は胞子を作り、冬の間のような条件の悪い時にはその形で待機しているからです。とても生きる力にたけた仲間です。またいつか、キノコ大活躍の物語も生まれるかもしれません。楽しみにしていてください。

この「朗読ミュージカル」は、ＪＴ生命誌研究館の十周年記念行事の一つとして製作・公演したものです。生きものについて知ることが大事と言っても、科学の言葉は面倒で近づきにくいものです。しかも、最先端科学として局部的な知識が流されることが多いので、本当に大事なことが何であるかはわかりにくくなっています。基本の基本を、日常の言葉で楽しく語れないだろうか。

それに答えてくださったのが、山崎陽子さんでした。さりげない一言のなかにユーモアがあり、人情味あふれるミュージカルのファンとしてのお願いをきいてくださったのです。登場人物をきめ、それぞれの特徴を話しているうちに、バクテリアは江戸っ子で、シダは東北生まれ、と自然にきまってきました。キャラクターがきまってからの電話のやりとりが楽しかったのを今でも思い出します。バクテリアの話をしている時は江戸言葉で「そこはチャキッと」となり、シダの話はやはり「そんでようがす」となるのです。

堀文子さんの絵をスライドで使わせていただくことになり、研究館を訪れてくださった堀さんは、これまでの来館者で一番の楽しみようで、そのお元気ぶりにびっくりしました。すてきな絵を描いていただきましたことを感謝申し上げます。

舞台を見て、これまた一番楽しんでくださった藤原書店の藤原良雄さんのおかげで、本にまとめられました。藤原さんと共に、新しい型の本づくりに苦労してくださった山﨑優子さんに心からお礼申し上げます。ちょっと異色の本ですが、一人でも多くの方に楽しんでいただきたいと思います。

いつか舞台を見ていただける機会があることを願いますし、できたら、学校などで演じていただけるとうれしいと思い、楽譜もつけました。バクテリアになりきって元気に歌ってください。バクテリアだけでなく登場人物のことをよくわかってやってほしくて、本文中の「注」、「登場する生きものたち」、そしてこの解説、とくりかえし紹介しました。重なっているところもありますが、身近に感じていただきたい気持ちから出たことですのでお許しください。

あとがき　一本の電話から……――――山崎陽子

十数年前、月刊の小冊子に青春小説を連載していたころ、やはり連載されていたのが中村桂子先生の「科学といのち」シリーズでした。こんなにわかりやすく生命の神秘を説けるものかと感嘆し愛読していたその方から、ある日突然いただいた電話に、胸がときめきました。

童話や「朗読ミュージカル」など、およそ科学には縁遠い世界にいる私に、なにをお望みなのか見当もつかないままお会いした先生は、いきなり三十八億年もさかのぼってのバクテリアの話から、ものみな総《すべ》ての始まりが一個の細胞であることを熱っぽく語り、〝彼ら〟を登場させた「朗読ミュージカル」を創れないか、とおっしゃったのです。お話は実に興味ぶかいものでしたが、あまりに広大無辺で私の手におえるものではなく、即座にお断りしようと思いました。

ところが、『堤中《つつみちゅう》納言《なごん》物語』に出てくる「蟲愛《むしめ》づる姫君」と細胞たちの共演を、という先生のご要望をうかがったとたん、グラリと心がゆれ、思わず身をのりだして口走っていました。

「姫君と出会うバクテリアは威勢《いせい》のいい飛脚《ひきゃく》のいでたちでベランメエ口調、ミドリムシは京ことばの美女、なんていうのはいかがでしょう？」

中村先生の目が一瞬、曇《くも》ったような気がして、真面目な科学者を怒らせてしまったのではと後悔しましたが、乗りかかった船、なにはともあれ、さしたる知識もない私なので、まずは〝細胞たちの主張〟を教えてくださいとお願いして、失礼したのですが……。

数時間後、先生が帰途、新幹線のなかで書かれたというバクテリアの自己紹介が、ＦＡＸでとどきました。なんとそれは、めっぽうイキのいい江戸っ子バクテリアの主張だったのです。

なんてすてきな科学者！　かくしてFAXが飛びかい、姫君と細胞一座による不思議な脚本が完成しました。

♪　♪　♪

曲を中邑《なかむら》由美さんに、出演は「朗読ミュージカル」のベテラン森田克子《かつこ》さんと大野恵美さん、伴奏を沢里尊子さんにお願いしましたが、細胞たちの登場に皆びっくり。しかし稽古《けいこ》が始まると実に楽しく、また、いのちの大切さを改めてかみしめる、すばらしい時間になりました。

舞台に花をそえてくださったのが、優雅で格調高い堀文子さんの絵でしたが、堀さんの絵と奇妙な物語とのみごとな調和に、誰もが目をみはりました。

初演をごらんになり、呵呵大笑《かかたいしょう》なさった藤原書店の藤原良雄社長は、その場で「いつか本にしたい」と口にされましたが、その〝いつか〟を、ついに実現させてくださったのです。舞台そのままを一冊におさめるために、いろいろご尽力くださった藤原社長、担当の山﨑優子さんに、心からの感謝をささげます。

バクテリアのテーマ

作曲・中邑由美

たった一つの細胞から

作曲・中邑由美

Soprano I
Piano
も の み な ひ と つ の さ い ぼ う か ら
S
Pno.
う ま れ た い の ち
と う と い ー い の ー ち
三 じゅ う は ち お く ねん の む か し 生 ま れ た 1 個 の さ い ぼ う
い の ち の み な も と

山崎 陽子
（やまざき・ようこ）

■童話作家、ミュージカル脚本家。日本文芸家協会会員。
■結婚十周年に執筆した童話『らくだい天使ペンキイ』（後にミュージカルとして昭和60年度芸術祭優秀賞受賞）をきっかけに童話、絵本、エッセイ、講演など。童話の多くがミュージカルとして上演されている。1975年から一人ミュージカルを手がけ、1990年からは独自の舞台「朗読ミュージカル」を発表し続けている。既に50作以上が上演されており、「山崎陽子の世界Ⅳ」の成果により平成13年度文化庁芸術祭大賞を受賞。
■絵本は『動物たちのおしゃべり』（小池書院）、教科書の副読本に掲載中の『ぼくの　はな　さいたけど』（金の星社）他多数。中、仏、台、独、米、韓、ベルギーなどの各国語に翻訳されている。1989年から白百合女子大学講師、立教女学院短大講師などを務める。故遠藤周作主宰の素人劇団「樹座」で20年間、座付作者として脚本を担当。
■著書は小説『あのう…ですから、タカラヅカ』（小学館）、脚本集『水たまりの空』（文京書房）、『人生は回転木馬』『“遠藤さんの原っぱ”で遊んだ日』（小池書院）、エッセイ『しあわせは　いつも　いま』（ユーリーグ）などがある。

中村 桂子
（なかむら・けいこ）

■ＪＴ生命誌研究館館長。理学博士。東京大学大学院生物化学科を修了。国立予防衛生研究所、三菱化成生命科学研究所、早稲田大学人間科学部教授、大阪大学連携大学院教授、ＪＴ生命誌研究館副館長などを歴任後、現職に。
■生命科学が生物を分子の機械と捉え、その構造と機能の解明に終始していることに疑問を持ち、人間を含むあらゆる生物を時間を紡ぐ存在と捉え、ゲノムの解読を基本に歴史と関係を読み解く「生命誌」という新しい知を創出。その実現の場「研究館」（Research Hall）で活動、ここから新しい世界観（自然観、生命観、人間観）を発信している。「愛づる」を生命誌を支える基本にしており、理念の表現のために多くの芸術家と協同している。
■著書に、『ゲノムが語る生命――新しい知の創出』（集英社）、『自然はひとつ』（実教出版）、『「生きもの」感覚で生きる』（講談社）、『生命誌の世界』（NHK ライブラリー、日本放送出版協会）、『科学技術時代の子どもたち』（岩波書店）、『生命のストラテジー』（松原謙一との共著、早川書房）、『ゲノムの見る夢』（青土社）、『あなたのなかのDNA――必ずわかる遺伝子の話』（早川書房）、『自己創出する生命』（ちくま学芸文庫）、『生命科学から生命誌へ』（小学館）、『いのちの海』（人文書院）、『生命誌の扉をひらく』（哲学書房）などがある。

堀 文子（ほり・ふみこ）

■女子美術専門学校（現・女子美術大学）日本画科を卒業。在学中に、当時最も革新的であった新美術人協会第2回展に出品、初入選。卒業後同会会員となり、若くして将来が嘱望される。52年、第2回上村松園賞を受賞。その後創造美術協会、新制作協会日本画部、創画会会員、多摩美術大学教授などを経て、現在無所属にて活躍。日本画家として活動する傍ら、装丁、装画、絵本なども制作。

■1988年からイタリアのトスカーナにアトリエをもち、当地でも展覧会を開く。その後、メキシコ、アマゾンへの取材旅行で中南米の自然と古代文化に魅せられ、意欲的な新シリーズを発表。一貫して自然をモチーフとして取り上げ、移りゆく自然の情景を繊細な描写と優美な色彩で描き出している。さらにアマゾンやヒマラヤにも取材するほか、クラゲなどの海の生き物やボルボックスやミジンコなど微生物、クモなどの昆虫をモチーフとする独自の表現でも注目されている。

■画文集に『命の軌跡』（ウインズ出版）『時の刻印』（求龍堂）『径』（ＪＴＢ）などがある。

画　題

頁	
5	「密林の妖精」2004年
8-9	「葉切り蟻の行進」1997年
10-11	「蜘蛛の家　Ⅰ」2006年
12-13	「紫の雨」1965年
16-17	「雲が行く」1990年（部分）
26-27	「極微の宇宙に生きるものたち　Ⅱ」2002年
29	「極微の宇宙に生きるものたち　Ⅰ」2002年
31	「流氷の下で」2005年
33	「はじめまして！」1997年
34	「くらげ　Ⅱ」2003年
36-37	「浮遊する命」2006年
39	「海のユートピア」2003年
45	「松ぼっくり」1987-88年（デッサン）
47	「モルフォ蝶の密林」1996年
49	「密林の中で」1996年
51	「地に還る日」2003年
52-53	「ユートピア」2001年
55	「冬の鳥」2004年

（図版協力・ナカジマアート）

いのち愛《め》づる姫《ひめ》 ――ものみな一《ひと》つの細胞《さいぼう》から

2007年 4月30日　初版第1刷発行©
2007年 8月20日　初版第3刷発行

著者　中村桂子
　　　山崎陽子
　　　堀　文子

発行者　藤原良雄

発行所　株式会社 藤原書店
〒162-0041　東京都新宿区早稲田鶴巻町523
TEL 03（5272）0301
FAX 03（5272）0450
info@fujiwara-shoten.co.jp
振替 00160-4-17013

印刷・製本　図書印刷

Printed in Japan
ISBN978-4-89434-565-2

JASRAC 出 0707232-701